ODE.
EN L'HONNEVR
DE LA TRES-PVRE
Conception de la Vierge.

PRESENTEE AU PVY
de Caen l'an 1631. laquelle a emporté le
prix des cent jettons d'Argent.

ARGVMENT.

L'An mil cinq cens quaráte six, le
Samedy septiesme iour d'Aoust
le feu du Ciel estant tombé à Malines
en Brabant, donna sur vne Tour où il
y auoit plus de cent caques de poudre
à canon. Ceste Tour fut premieremét
renuersée de fonds en comble auec vn
pan des murailles de la ville, pres d'i-
celle Tour, iusques à deux cens pas de

A

long. Puis le feu de tant de poudre fai-
fit les lieux prochains , & embraza
toute la ville, & fans vne pluye vehe-
mente qui furuint , cefte grande ville
s'en alloit eftre reduite en poudre. Le
lendemain on trouua plus de cinq cés
corps morts, & fi puants, qu'en toute
diligence il conuint faire de grandes
foffes, où ils eftoient chariez & enter-
rez par douzaines à la fois. Tout le Di-
menche fut employé à telles fepultu-
res. Des bleffez le nombre monta à
plus de deux mille. On trouua vne
Féme enceinte accablée de quelques
ruines & encombres , laquelle eftant
promptement ouuerte, fon enfant encore refpirant fut baptifé. A plus de
fix cens pas des murailles furent trou-
uez des gros quartiers de pierre de
taille, iettez par la tempefte , au grand
dommage des lieux où ils tomberent.

SIMON GOVLART, Senlifien,
en fes hiftoires admirables.

Vierge, rendez ma main capable
De peindre auec perfection
Voftre Concept incomparable
Exempté de corruption :
Un enfant trouué dans Malines
Enfeuely foubs des ruines,
Se vient offrir à mon pinceau :
Donnez moy la mefme Victoire
Sur les enuieux de ma gloire,
Qu'il euft du foudre en fon berceau.

Mille tempeftes furieufes,
Lancent le feu de toutes pars
Sur les teftes audacieufes
De nos prodigieux rampars :
Leur infolence qui maiftrife
Les demy-dieux qu'elle mefprife,
Attaque ce Donjon effais,
Où Mars prepare pour la guerre
La matiere de fon tonnerre
Durant le calme de la paix.

Les feux & l'espaisse fumée
Representent le Phlegethon
Dont l'eau fangeuse est allumée
Pour la cholere de Pluton:
La Sicile voit moins descendre
De Marbre, de Poix & de cendre,
Quand Encelade acrauanté
Contre le Ciel vomit des roches
Accusant par mille reproches
Leur Iustice de cruauté.

Que de miseres inoüyes!
Que de plaintes, que d'hurlemens
Des creatures enfoüyes
Dessous leurs propres bastimens!
Que de corps, priuez de leurs ames,
Sont consommez dedans les flames
Au plus humide sein de l'Air,
Où son froid qui les vient enceindre
En s'efforçant de les esteindre
Leur ayde encor à mieux brusler.

En fin l'implacable Deeſſe
Dont les foudres ſont enfantez,
Sentant ce foudre qui la preſſe
Fond en larmes de tous coſtez :
Comme elle eſt viuement atteinte
L'impacience l'a contrainte
De ioindre ſes pleurs à nos pleurs,
Ainſi celle, de qui la haine
Fût la cauſe de noſtre peine,
Offre vn remede à nos malheurs.

Que ſa douleur nous eſt proſpere!
Les torrens laſchez de ſes yeux
Glacent la boüillante cholere
Des Cyclopes iniurieux,
Et leur fureur eſtant paſſée
Un chacun porte ſa penſée
A faire recherche des morts,
De qui l'extrême pourriture
Nous fait haſter leur ſepulture
Meſme ſans deſpoüiller les corps.

O force admirable du foudre!
Des corps l'vn sur l'autre entassez
L'vn a toute la chair en poudre,
L'autre tous les os fracassez!
Et ce qui passe la creance
Vn Enfant tire sa naissance
D'vn corps prest d'entrer au tombeau;
Qui nous dira par quelle grace
Dedans ceste prison de glace
La mort n'esteint point son flambeau?

Prodige, de voir en poußiere
Celle qui le faisoit mouuoir,
Et que la tempeste meurtriere
Contre luy manque de pouuoir!
Elle fend les corps plus solides,
Seche les substances liquides,
Rend en poudre l'or & le fer,
Et trouuant vn obiect si tendre
Telle qu'elle se puisse rendre
Elle n'en sçauroit triompher!

Apres ceste tempeste horrible
Trop foible à le faire perir,
Sa mere esteinte, il n'est possible
Qu'il reste long temps sans mourir:
La mort donc l'ayant asseruie
Comment se maintient-il en vie?
Peut il viure sans respirer?
Si son cœur bruslant ne souspire
Que par la fraischeur qu'elle attire
Elle morte il doit expirer.

O bien-heureuse creature,
Dont la naissance a merité
De nous seruir pour la figure
D'une indicible pureté!
La Dame, est la Race mortelle;
La Mort, la Peine originelle
Dont l'homme en naissant est taché:
L'ENFANT vous portrait, Vierge saincte,
Conçeuë entre nous sans attainte
Des flammes du premier peché.

VNE IMAGE DE MARBR

QVI REPRESENTOIT LA VIERG

fuſt trouuée flotante apres vne temp
ſte ayant ſubmergé vn vaiſſeau, & to
ce qui eſtoit dedans. Le P. Richeome.

Sur la Conception de la Vierge.

SONNET.

Lequel a emporté le prix de l'an-
neau d'or, à Roüen.

Peintres, voicy les vents qui pouſſent au riuag
Vn marbre que la Vierge offre à voſtre pinceau
Peignez comme en depit des flots & de leur rage,
Il eſt demeuré ſeul du debris d'vn vaiſſeau.

Le Nauire perit auec tout l'équipage,
Les hommes ſubmergez ont la mer pour tombeau
Et ce rare portrait, en leur commun naufrage,
Malgré ſa peſanteur eſt touſiours deſſus l'eau.

Comme les corps peſans ne flottent point ſur l'onde
Tout mortel fait naufrage en cette mer profonde
Ou l'orage premier nous a precipitez:

Mais la Reine des Cieux, que ce marbre figure,
Nage contre la loy que preſcrit la nature,
Sur les flots orageux de nos iniquitez.

GVERENTE D. en Medecine

CHANT ROYAL

Donné au Prince.

VN beau sujet réueille mon courage:
Et pour brauer encor mes enuieux,
I'entre couuert des rameaux glorieux,
Dont l'équité de nostre Areopage
Enuironna mon chef victorieux.
　Brillante estoile où gist mon asseurance,
Reine qui tiens les vents sous ta puissance,
Vers Paragnay fay surgir mon vaisseau,
Ie veux benir tes faueurs sans pareilles,
Si ie puis joindre à ton Royal bandeau
Aux champs deserts la Pierre de merueilles.

　Comme la foudre au plus fort de sa rage,
Gronde à l'enuy d'Eole furieux,
Et de frayeur saisit les vicieux,
Lors que forçant la prison du nuage,
L'effet respond au bruit prodigieux.
　Ainsi la terre auecque violence,
Semble tonner quand son impatience
Met ce-present comme hors du tombeau:
Et ce murmure agreable aux oreilles,
Fait que l'on cherche à ce signal nouueau
Aux champs deserts la Pierre de merueilles.

Ce que l'on doit admirer dauantage,
C'eſt qu'au terroir où ce gage des Cieux
Vient eſtaler ſon eſmail precieux,
A peine y croit vne plante ſauuage
Bien qu'on y rende vn ſoin laborieux.

  Par vn effort qui paſſe la croyance,
La terre veut que toute ſa ſubſtance
Produiſe au lieu d'vn Cep ou d'vn Ormeau,
Vn riche amas d'Amethiſtes vermeilles,
Qui fait nommer ce chef-d'œuure ſi beau
Aux champs deſerts la Pierre de merueilles.

  Ce cher treſor riche en ſon alliage,
L'ardant ſouhait des Roys ambitieux;
Eſt ennobly d'vn trauail curieux,
Où la Nature en ce parfait ouurage
Surpaſſe l'Art le plus induſtrieux.

  D'vne grenade il a la reſſemblance,
Où l'Amethiſte eſclatte en abondance:
Dans leurs chatons les pierres au niueau
(Telles qu'on voit aux gauffres les abeilles)
Rendent eſgale au celeſte flambeau
Aux champs deſerts la Pierre de merueilles.

Fille du Ciel qui nais sur le riuage
Perle ; ton lustre est beaucoup moins pompeux :
Flambant ruby va cacher tes beaux feux,
Car ce joyau merueille de nostre âge,
A des rayons qui sont miraculeux.
Charme de l'œil, simbole d'esperance,
Chaste esmeraude, vse de defference :
Vif diamant tout de flame & tout d'eau,
Ne vante plus tes beautez nompareilles
Voyant briller mieux que dans ce tableau
Aux champs deserts la Pierre de merueilles.

ENVOY.

VIERGE, ces champs priuez de tout fueillage,
Où ne peut pas vn printemps gracieux
Donner l'espoir d'vn fruict delicieux ;
Sont les mortels qui souffrent le dommage
Dont vn seul crime affligea leurs ayeux.
Ce bruit de terre auec la vehemence,
Marque l'Oracle, & la forte éloquence
Dont les Hebreux ont predit ton berceau :
Mere de Dieu, sainct objet de mes veilles,
Sois donc aux traits de mon rare Pinceau
Aux champs deserts la Pierre de merueilles.

M. V. DV VAL.

BALLADE.

Qui a emporté le prix du Rozier.

L'Automne succede à l'Esté,
Et le calme cede à l'orage:
L'arbre regrette sans fueillage
Le Rossignol qu'il l'a quitté.

Tout succombe au souffle irrité,
Et Flore doutant si c'est elle,
Nous monstre en cette extremité
La fleur qui seule est immortelle.

Le parterre si frequenté
N'a plus qu'vn pourmenoir sauuage:
Et le sable au bord du riuage
St couuert du fleuue agité.

La terre a perdu sa beauté,
uoy que Iunon d'vn soin fidelle,
onserue en son integrité
a fleur qui seule est immortelle.

Vous, dont la curiosité
herche les merueilles de l'âge,
oyez auec quel aduantage
lle garde sa maiesté:

L'œillet dans sa diuersité,
a rose mesme la plus belle,
espectent pour sa qualité
a fleur qui seule est immortelle.

ENVOY.

VIERGE, *si dans l'iniquité,*
Où le sort humain nous engage,
Vous triomphez de l'esclauage
Qui nous tient en captiuité:
 Vostre ame dans sa pureté,
Brauant la faute originelle,
N'est-elle pas en verité
La fleur qui seule est immortelle?

M. TH. DV COVDRAY, Prestre.

ODE.

Qui a emporté le prix du Miroir.

MVse qui cheris la gloire
 Du Poëte & du Guerrier,
 Viens moy fournir de Laurier
Pour vne insigne victoire.
 Et toy trop heureux vainqueur,
I'emprunte ton auanture,
Pour peindre dans ma feruer
La Conception tres-pure
De la Mere du Sauueur.

Lifimachus dont le crime
N'eftoit que d'auoir aimé,
D'vn fier Lyon affamé
Deuoit eftre la victime;
   Alexandre fon parent,
Par vn caprice barbare,
Pour vanger vn confident,
Expofe vn homme fi rare
A ce peril éuident.

   Ce Prince que rien n'eftonne,
Marche à ce combat fatal;
Que ie croirois inégal
Pour vne moindre perfonne.
   A peine eft-il dans les lieux
Où s'appreftoit fon fupplice,
Que ce Lyon furieux
Entrant dans la mefme lice
Le deuore auec les yeux.

   Tout le peuple eft en allarme
De voir que ce genereux
En cet eftat dangereux
N'a qu'vn gantelet pour arme.
   Ces affligez affiftans
Monftrent vne peur mortelle,
Voyant ces deux combatans
Pouffez d'vn femblable Zêle
S'attaquer à mefme temps.

La beste que la faim presse,
Donne auec brutalité,
Le Prince de son costé,
Ioint sa force à son adresse :
  Son ennemy vient en vain
Pour assouuir son enuie,
De son inuincible main
Il arrache auec la vie
La langue à cet inhumain.

ENVOY.

  Par les accidents estranges
De cetté narration,
Ie peins la Conception
De la maistresse des Anges :
  L'ennemy de l'innocent,
Le diable qui nous tourmente,
Est ce Lyon rugissant,
Et mon Heros représente
La mere du tout-puissant.

M. DE TIERCEVILLE, Lieutenant
Colonel du Regiment de Roncherolles.

ODE.
Donnée au PRINCE.

Poußé du deſir extrême
De ſe vanger d'vn affront,
Et de mettre vn Diadême
Auec gloire ſur ſon front:
 Polynice prend les armes,
Et ſiege de toutes parts
Thebes qui dans ces allarmes
Semble n'auoir que des larmes
Pour deffendre ſes ramparts.

 Arreſte, genereux Prince,
onſulte vn peu ta raiſon;
a perte de ta Prouince
erd l'honneur de ta maiſon:
 Le ſort a des inconſtances,
t ſouuent les Deïtez,
ar de hautes prouidences,
'accordent pas leurs puiſſances
u gré de nos volontez.

 Laiſſe fléchir ton courage
ix exceßiues douleurs
vne mere qui s'outrage
ſuruiure à ſes malheurs:
 Que ſi ta rage inhumaine
't la mort de ton germain,
ant l'effet de ta hayne,
y ſa derniere peine
'n coup fatal de ta main.

Mais la fureur qui le guide
Ne se laisse point gaigner,
Il faut qu'vn combat decide
Le droict qu'il a de regner:
Desià la trompette sonne,
On attaque, on se deffend,
Et le prix d'vne Couronne,
Fait que chacun s'abandonne
A la mort qui le surprend.

Les chefs en cette iournée,
Bien que couuerts de Lauriers,
Acheuent leur destinée,
Et succombent les premiers:
Etheocle & Polinice
Apres deux funestes coups,
Rencontrent leur precipice,
Perdant d'vn mesme supplice,
Et la vie & le courroux.

Malgré la rigueur des Parques,
Dont le fuzeau deceuant
A trompé tant de Monarques,
Adraste reste viuant:
Merueille de la Nature,
Saincte fille de Sion,
Agréez cette peinture,
Qui doit estre la figure
De vostre Conception.

M. DES RIVES.

ODE.
Donnée au Prince. 1649.

Dieux ! quel baſtiment mobile,
Fait de jonc & de roſeau,
Vogue ſur la Mer tranquille
Ainſi qu'vn petit vaiſſeau.

Quelle ſuprême puiſſance,
Sans l'aide des Matelots,
Le conduit en aſſeurance,
Malgré l'extrême inconſtance
De cét empire des flots.

Quoy ? c'eſt la fille d'Acriſe,
Qui pour éuiter la mort,
S'eſt aueuglément ſoûmiſe
A la conduite du ſort.
Cette belle delaiſſée
Dans vn ſi preſſant malheur,
En conſiderant Perſée
Dont on la voit careſſée,
Flatte encore ſa douleur.

Deſſus cette humide plaine
D'où le vent n'oſe approcher,
La Fortune qui la meine
Eſt ſon fidelle nocher.
Cette inconſtante Deeſſe
Qui la voit prés du tombeau,
vn cœur pouſſé de tendreſſe,
our ſauuer cette Princeſſe,
reiette ſon bandeau.

On croiroit que Cytherée,
Aux rayons d'vn si beau iour,
Sur les plaines de Nerée
Se promène auec l'amour.
  L'onde est vn miroir liquide,
Et ce muable Element,
Arrestant son cours rapide,
Semble deuenir solide
Pour la porter seulement.

  Le Soleil qui se retire,
Prest à se plonger dans l'eau,
Retient son char & soûpire
Apres vn objet si beau:
  Il adore le visage
Dont il ressent le pouuoir,
Et croit en cet équipage,
Que Thetis sur le riuage
S'appreste à le receuoir.

  Neptune qui le respecte,
Sortant d'vn antre azuré,
Aux terres de Polidecte
Luy monstre vn port assuré.
  VIERGE, & Mere toute pure,
Chaste fille de Sion,
Permets sous cette peinture,
Que ce berceau nous figure
Ta saincte Conception.

M. LE MONNIE

STANCES.

Qui ont emporté pour le premier prix la Tour.

L'Immortel defarmé des traits de fa colere,
Dans noftre abaiffement voulut nous éleuer,
Mefme en faueur d'vn fils conferuant vne mere,
Lors qu'il deuoit nous perdre il vint pour nous fauuer.

Cette Reyne des Cieux fut conceuë en la terre,
Pour conceuoir vn iour ce fils de l'Eternel,
Elle trouua la paix ou nous auions la guerre,
Et la grace où regnoit le crime originel.

Satan qui plein d'orgueil triomphoit de nos ames,
Et formoit de nos maux tous fes contentemens,
Dans vn regret cuifant plus cruel que fes flames,
Vit changer fon triomphe en d'horribles tourmens.

La Vierge ne fut point fous ce monftre afferuie,
ans vn corps malheureux formée heureufement;
a belle ame receut vne immortelle vie,
ù tout autre en naiffant trouue fon monument.

Cét inftant fut remply de merueilles celebres,
ont les extremitez n'eurent point de milieu,
n Soleil prit naiffance en l'horreur des tenebres,
t de l'homme prouint vne mere de Dieu.

Ces effets refpondant à la voix des Oracles,
e pouuoir infernal eft deftruit pour iamais,
ar ce tres-pur Concept comprend tant de miracles,
ue le Ciel & la terre en compofent leur paix.

M. D V

STANCES.

Qui ont emporté pour le debatu le Soleil.

LE Bouton parfumé d'vne fleur nompareille,
  Qui chaque nuict enferme & cache ses couleurs:
Va faire voir au iour la plus rare merueille,
Pour qui l'aube au matin ait prodigué ses pleurs.

Desià le long saphir de sa tige tremblante,
Expose auec respect ce pretieux tresor;
Qui se courbant vn peu vers l'Aurore naissante,
S'ouure, & pour l'adorer luy presente de l'or.

Que cét or est charmant, que son lustre me flatte?
Et que ce fond vermeil l'enclost pompeusement?
On diroit que le feu de sa viue escarlatte
Se purifie encor par son embrasement.

Alors le filet bleu dont sa fueille est parée,
Couronne tout autour son riche coloris,
Où l'émail fait paroistre vn petit empirée,
Dont ce beau teint d'azur est la parfaite Iris.

Sur tout ie suis rauy de son odeur diuine:
Elle passe l'eau d'Ange, & le baulme & l'encens;
Bref, ce fleuron musqué iusques à la racine,
Fait vne panacée & charme tous les sens.

Il n'est qu'vne Tulippe où l'odeur trouue place,
On la doit à MARIE entre tous les mortels:
Puisque son seul Concept a ressenty la grace,
Ce parfum n'est-il pas digne de ses Autels?

STANCES.

Données au PRINCE. 1649.

Athenes est en feu, ses superbes murailles
Croulent sous la fureur d'vn violent effort;
Ses tristes Citoyens treuuent leurs funerailles
Au sein qui les mettoit à l'abry de la mort.

Le Soldat insolent dans cette ville prise,
Croit que tout ce qu'elle a tombe dans son pouuoir,
Et puis qu'en ce dégast le Prince l'authorise,
Qui n'est pas inhumain ne fait pas son deuoir.

Son cœur sans sentiment sur l'ame sensitiue,
Apres auoir commis toute sa cruauté,
Cherche de l'aliment sur la vegetatiue,
Pour fomenter son feu iusqu'à l'extremité.

Lors qu'il va rauager tant d'illustres parterres,
Cet indigne vainqueur rencontrant des Palmiers,
Quoy qu'ils les ait souuent souhaittez dãs les guerres,
Il les fait succomber sans respect les premiers.

En vain sous des Lauriers l'on cherche son refuge,
Pour éuiter ce foudre on perit auec eux,
Mais vn seul Oliuier comme au premier deluge,
Braue dans sa verdeur ce deluge de feux.

Enfin quand ce Guerrier ces beaux jardins desole,
Ce paisible arbrisseau borne sa passion,
O Reine de la Paix dont il est le symbole,
Reçoy-le pour celuy de ta Conception.

SONNET.

Qui a emporté l'Anneau d'Or.

LE plus fameux parent de l'illustre Alexandre,
Son cher Lysimachus, pour auoir trop aimé,
Fut reduit à combattre vn Lyon affamé,
N'ayant qu'vn gantelet dont il se peut deffendre.

Ce grand Prince trop iuste & trop fort pour se rendre,
Marche seul au combat & presque desarmé,
Et d'vn noble courroux puissamment animé,
Saute au col du Lyon qui vient pour le surprendre.

Dans ce pressant peril d'vne inuincible main,
Il arrache d'abord à ce fier inhumain,
Et la langue & le sang, & l'ame & la furie:

Ainsi qu'il triompha par sa belle action,
Le monstre Originel fut vaincu par MARIE,
Au moment bien-heureux de sa Conception.

M. DE TIERCEVILLE, Lieutenant
Colonel du Regiment de Roncherolles.

IN PVRISSIMVM DEIPARÆ
Virginis Conceptum.

EPIGRAMMA.

Quod Laurum meruit Roth. an. 1649.

Illuſtriſſimo Podÿ Principi oblatum.

Templum Diui Exuperÿ, Baiocenſium Præſulis primi,
& Normaniæ Apoſtoli, in quo templo, licet Parœciale ſit,
nullus vnquam tumulatur, ſed omnes in cœmeterio.

Và diues Clero inſigni, temploque ſuperbo
Nobilis, aërias oſtentat Baioca moles
Pyramidum; tractúq; almo dat nomina, & ipſam
Iucundi paſcunt Cerealia dona ſaporis.
Haud humiles attollit acus fundata Tonanti
Exuperóque Domus; geſſit qui primus ibidem
Paſtorale pedum, Chriſtíque ad ouilia latè
Compulit errantes populos, & vana fugauit
Monſtra Deûm, infernas miſſus prohibere rapinas.
   Linten adi auguſtum, præſentia Numinis vrget
Intus adorantem, & pectus ſacer occupat horror.
Quadrifidâ hîc Soter ſublimis àb arbore pendet,
Circum aras Diuûm effigies, ſpirantia ſigna,
Viuit & in pictis manus ingenioſa tabellis.
   At non marmor ibi quod lugeat æthere caſſos,
Non ſaxo, non ære vides ſignata iacentûm
Nomina, funereos ſentit nec terra ligones.
Námque hodie ſcrobe donatum quodcúmque cadauer,
Rurſus erit ſcrobe donandum, cum luxerit orto
Craſtina Sole dies. Humus alto os pandit hiatu
Per noctem, & paſtu ſordeſcere viſcera fœdo

D

Impatiens, vomit inuitâ quod ceperat aluo,
Corpus, & eructat patefacto exangue sepulchro,
Stratáque saxa volant: At nox vbi pallet ad ignes
Vltima purpureos, apparet triste feretrum,
Et precibus mutis horrenda flagitat Æde
Efferri, atque aliâ tandem sepelitur arenâ.
Fanum adeò tetri ignorant afflare vapores,
Exhalat putri quos foeta cadauere tellus.

ALLVSIO.

Pura mihi canitur Templi sub imagine VIRGO.

D. HALLEY, Eloquentiæ Professor Regius, & Collegij
Siluani Præfectus in Vniuersitate Cadomensi.

IN PVRISSIMVM DEIPARÆ
Virginis Conceptum.

EPIGRAMMA.

Quod Stellam meruit eodem anno 1649.

SOL ORIENS.

NOX ruit, & gratæ cedunt discrimina lucis,
Versicolor natura perit, tenebræque lituris
Expungunt rerum faciem, miscéntque colores,
Obscurúmque premunt atris amplexibus orbem.
Vna rosæ, & violis species, idem vndíque vultus
Purpureas croceis æquat, par forma decúsque
Omnibus, & similis flores confundit imago.
Quid pictas volucres referam? quas agmine denso

Vlmus amica fouet , quibus ornus penfile præbet
Hofpitium , tremulámque domum glomerantur, aceruo
Condenfæ, pauidas tenebrarum colligit horror.
Quò vadat dubius , per deuia rura viator
Ignorat, trepidúfque tenet veftigia , vultum
Objectis manibus prohibens contrectat inane,
Ambiguo pede tentat iter , greffúque trementi
Sollicitare viam iuuit quàm fæpe , fidémque
Explorare loci , fed vbi veftigia cæcum
Fallit iter , præceps cadit ille, trahítque ruinam.
Impatiens preffiffe diu caligine mundum
Inficit obfcurâ Phaëton albedine cælum
Quam fenfim purgat repetita luce ferenans.
Nomine res proprio gaudent , natalibus orbem
Reftituit lux alma fuis , flos fumit honores
Quifque fuos , varióque iterum fe lumine veftit.
Sol tamen Eois nondum caput extulit vndis
Luce graue & radijs criftatum , ficut aperto
Cum bijuges flectit cœlo currúque fatigat.
Pura poli eft facies nec toto næuus Olympo
Cernitur , ardet ebur, Solifque accenditur auro.

ALLVSIO.

SOL fugat exoriens tenebras , culpámque MARIA.

D. CLEM. DV LONG, DE G
Senator Tolofanus.

IN IMMACVLATAM BEATÆ
Mariæ Conceptionem.

ARGVMENTVM.

Lusus ex Astronomia.

Cœlo, syderibusque, perpetuis, varysque motibus obnoxijs,
vnus immotus mundi axis quiescit.

ODE PONTIFICALIS.

QVIS me propinquum syderibus, rapit
Diuinus ardor ? nil popularibus
    Cantare sublimem, Camœnis
    Ergo iuuat : meliore flammâ
Me quando Phœbus iam propior, dedit
Ardére, cursúsque, & Thyasum poli
    Spectare, Musarúmque curru
    Per liquidos volitare cœlos.
Hic ille flammis perpetuis vigil
Sistit, superbi me tholus ætheris,
    Hinc vndè succrescit Mariæ
    Materies generosa, Vati,
Cui tot serenis fulget ab ignibus,
Mens, quot beatis lampades atrijs
    Pendent, serenatæ sequentes
    Excubias, choreásque noctis.
Augusta qualis gloria syderum,
Seu pulcher astris Sol iubar exerit
    Flammis coronatum, nitens seu
    Luna mihi tenerum reflectit

Lumen , benignâ feu face Iupiter,
Seu luce fplendet Phofphorus aureâ,
    Aut fidus oftentat fuperbum
    Mars , radijs rutilans cruentis,
Gemmata vifus pompa rapit meos;
Ictúmque puris pectus ab ignibus
    Vltrò liquefcit , mens nec ipfis
    Delicijs fatis vna conftat.
Iam quando poftes Empyrei propè
Præuertor, illic lacteus albicat
    Diftinctus aftris mille, trames
    Et rutilo micat amne riuus.
Biffena Solis tecta, adamantino
Fulgore lucent, nobile & Effedum:
    Campíque ftellarum nitentes
    Sydereis radiant figuris.
Cœli fed omnis pompa volubilis,
Motus perennes , & Thyafos amat,
    Dum ftare nefcit quæ decemplex
    Per varios redit aula gyros,
Nunc acta in ortum : nunc trepido impetu
Librata ad Auftrum : nunc relegens gradus;
    Motus fed incertos , quietis
    Semper amans fugit vnus axis.

A L L V S I O.

Cunctos nefando turbine dum rotat
Adæ nepotes crimen originis,
    Æternùm , vt axis , fola conftat
    Fixa Deo fine labe V I R G O.

             D. DE ROMFREBOC

SONNET.

Donné au PRINCE.

Pour venger ton Crifante, adorable Liuie,
Tu combats le ferpent qui l'a mis au cercueil,
Et changeant en courroux les charmes de ton œil,
Tu vas joindre à fa mort le bourreau de fa vie.

D'vn glorieux fuccés ton ardeur eft fuiuie,
Ce monftre auec le fang vomit l'ame & l'orgueil:
Ton triomphe eft fi beau dans l'excés de ton dueil
Que l'ombre de Crifante en eft mefmerauie.

Mais à ce noble exploit adioufte vn autre bonneur,
MARIE fi tu veux t'offre vn fecond bonheur,
Esbauche fur ce PVY le tableau de fa gloire:

Car comme du ferpent ton corps ne fut touché,
Cette VIERGE entre tous éuita le peché,
Et feule du ferpent remporta la victoire.

M. LE MONNIER.

www.ingramcontent.com/pod-product-compliance
Lightning Source LLC
Chambersburg PA
CBHW061626180626
46818CB00005B/2254